Analyse de l'œuvre

Par Sarah Wilson

Nord et Sud

Elizabeth Gaskell

lePetitLittéraire.fr

Analyse de l'œuvre

Par Sarah Wilson

Nord et Sud

Elizabeth Gaskell

lePetitLittéraire.fr

Rendez-vous sur lepetitlitteraire.fr et découvrez :

Plus de 1200 analyses
Claires et synthétiques
Téléchargeables en 30 secondes
À imprimer chez soi

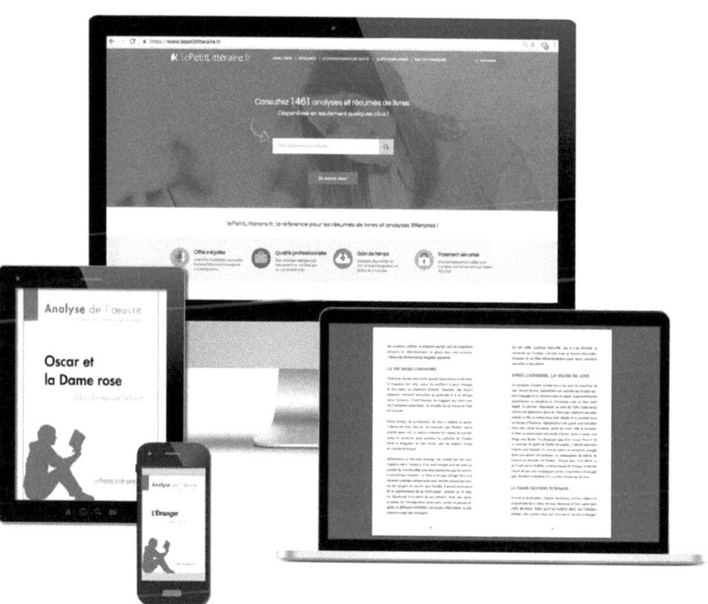

ELIZABETH CLEGHORN GASKELL

ROMANCIÈRE, BIOGRAPHE ET NOUVELLISTE ANGLAISE

- **Née à Londres en 1810.**
- **Décédée près d'Alton, Hampshire en 1865.**
- **Travaux notables :**
  - *Mary Barton* (1848), roman
  - *Cranford* (1851-1853), roman
  - *La vie de Charlotte Brontë* (1857), biographie

Largement considérée comme l'une des plus grandes romancières de l'époque victorienne, Elizabeth Cleghorn Gaskell est le plus souvent considérée comme une réaliste dont l'écriture se concentre sur les questions sociales de son époque, notamment le sort des pauvres et les problèmes qui sévissent dans le nord industriel de l'Angleterre. *North and South* et *Mary Barton*, deux de ses œuvres les plus remarquables, sont toutes deux centrées sur ces thèmes.

Née du pasteur unitarien William Stevenson et de sa femme Elizabeth Holland, Gaskell passe ses premières années à Londres avant de s'installer chez sa tante maternelle dans le Cheshire. Plus tard, elle a épousé William Gaskell et s'est installée dans la ville industrielle de Manchester, une expérience qui a influencé une grande partie de ses écrits ultérieurs. Elle a produit son premier roman, *Mary Barton*, en 1848, et le livre a attiré l'attention de Charles Dickens (écrivain anglais, 1812-1870). En conséquence, l'écrivain a invité Gaskell à contribuer à son magazine, *Household Words*, dans lequel *Nord et Sud* a été publiés plus tard. Gaskell était également une amie proche de l'écrivain anglais Charlotte Brontë (1816-1855), dont elle a écrit la biographie après la mort de Brontë.

NORD ET SUD

UN ROMAN INDUSTRIEL VICTORIEN

- **Genre :** roman
- **Édition de référence :** Gaskell, E. (1994) *Nord et Sud.* Hertfordshire : Wordsworth Editions Limited.
- **1ère edition :** 1854-1855 (en série)
- **Thèmes :** l'Angleterre industrielle, les classes sociales, le Nord et le Sud, la pauvreté, la société victorienne, la vie personnelle et publique.

North and South a été publié dans le magazine *Household Words* de Charles Dickens, *en* 20 parties entre les années 1854 et 1855. Le roman suit la jeune protagoniste féminine Margaret Hale, contrainte de quitter le doux confort rural de sa maison dans le sud de l'Angleterre pour vivre dans la ville industrielle fictive de Milton, située dans le nord de l'Angleterre. Les expériences qu'elle y vit mettant en évidence les profonds clivages culturels, sociaux et de classe qui existaient entre le nord et le sud de l'Angleterre à l'époque victorienne, et illustrent l'impact de la révolution industrielle sur les villes du nord.

Le roman est semi-autobiographique, certains éléments étant tirés de la vie de Gaskell elle-même. Milton est, par exemple, basé sur la ville de Manchester dans laquelle Gaskell a vécu avec son mari, tandis que la crise de foi dont souffre le père de Margaret Hale dans le roman reflète une crise similaire vécue par le père unitarien de Gaskell.

RÉSUMÉ

LE SUD CHIC

Notre protagoniste, Margaret Hale, vit dans le sud depuis plusieurs années avec sa tante Shaw et sa cousine Edith. Edith va bientôt épouser le capitaine Lennox, tandis que Margaret va retourner vivre avec ses parents dans le presbytère de Helstone, à la campagne.

Margaret est ravie de retrouver sa maison de maître, mais ses parents semblent tous deux malheureux. Mr Hale semble renfermé, et Mrs Hale se lamente sur l'absence de son fils Frederick. L'avocat Henry Lennox, le frère du capitaine Lennox, rend visite à Margaret pour lui avouer ses sentiments amoureux pour elle, ce qu'elle rejette. Bien qu'elle se sente coupable, elle est bientôt distraite par la nouvelle que la famille doit quitter sa maison pour aller vivre dans la ville industrielle de Milton, dans le nord du pays, car son père a fait une crise de foi.

LE NORD INDUSTRIEL

Dans le nord, Margaret est choquée par le contraste entre les beaux pâturages de Helstone et les rues enfumées de Milton. Elle rencontre pour la première fois M. Thornton, un propriétaire de moulin local, et tous deux se détestent immédiatement. Cependant, M. Hale noue une relation amicale avec M. Thornton, car il lui donne des cours particuliers. Bien que Margaret n'aime pas Milton, elle se lie rapidement d'amitié avec Nicholas Higgins, un ouvrier du moulin local, et sa fille malade, Bess.

Lors d'un dîner à la résidence des Hale avec Mr Thornton et sa mère comme invités, Margaret et Mr Thornton se heurtent lors d'une discussion sur les classes ouvrières, bien que Margaret note qu'elle se sent étrangement attirée par lui.

La santé de Bess et de Mrs Hale décline, bien que la cause de la maladie de Mrs Hale soit encore inconnue. Nous apprenons par une conversation entre Margaret et Mrs Hale que Frederick sera exécuté s'il retourne en Angleterre, car il est soupçonné d'avoir participé à une mutinerie alors qu'il était en mer avec la marine.

DES PROBLÈMES EN PERSPECTIVE

Mr Hale et Margaret assistent à un dîner chez les Thornton, où Mr Thornton révèle que ses ouvriers ont menacé de faire grève. Margaret se dispute une fois de plus avec M. Thornton à ce sujet, estimant qu'il devrait assumer davantage de responsabilités pour le bien-être de ses employés qu'il ne le fait actuellement.

Plus tard, un médecin arrive à la résidence des Hale et révèle à Margaret et au domestique de la famille, Dixon, que Mme Hale souffre d'une maladie incurable. Ils décident d'épargner cette information à M. Hale. Comprenant que le temps qui lui reste est limité, Mrs Hale implore son fils Frederick.

CONFLIT SOCIAL

Margaret se rend chez les Higgins pour voir Bess et son père, et une discussion s'engage sur la grève et les différences entre le nord et le sud. Chez les Thornton, M. Thornton, sa mère et sa sœur discutent des Hale et conviennent qu'ils n'aiment pas les airs que Margaret donne à la famille. M. Thornton discute des grèves à venir et dit qu'il fera appel à des Irlandais dans quelques semaines si l'action se poursuit.

En prévision d'une autre soirée à la résidence des Thornton, Margaret rend à nouveau visite à Bess, qui est surprise que Margaret et sa famille dînent avec les Thornton. Margaret explique que, bien que sa famille ne soit pas riche, elle est instruite et a donc un statut social similaire.

Mr Hale, quant à lui, a entendu des propos déprimants de la part des classes ouvrières et porte ses doléances à Mr Thornton, qui explique son entreprise en termes impitoyablement logiques. Margaret l'entend et déteste qu'il exprime si peu d'humanité en parlant ainsi.

Dans les jours qui précèdent le dîner, Margaret est extrê-mement bouleversée après avoir rencontré M. Boucher, ouvrier au moulin, chez les Higgins. L'homme est affamé et ne peut nourrir sa famille avec son faible salaire.

Au cours du dîner lui-même, l'attirance entre Margaret et Mr Thornton devient plus évidente. Les hommes à table discutent de la grève à venir et Mr Thornton demande plus tard à Margaret si elle est de leur côté, ce à quoi elle répond par l'affirmative.

LA VIOLENCE ÉCLATE

L'état de Mrs Hale s'aggrave, et Mr Hale découvre à quel point elle est malade. Margaret se rend à la résidence des Thornton pour demander un lit à eau pour sa mère, et remarque une certaine affluence dans la rue. Lorsqu'elle arrive, elle apprend que les ouvriers de l'usine sont furieux que M. Thornton ait engagé des Irlandais et menacent de recourir à la violence.

Margaret dit à M. Thornton qu'il devrait descendre et parler à la foule, mais cet acte ne fait que l'exaspérer davantage. Margaret tente alors de leur parler, et jette ses bras autour de M. Thornton lorsqu'une pierre est lancée, prenant elle-même le coup.

UNE PROPOSITION REJETÉE

Margaret est mortifiée par son geste, qui pourrait être interprété comme un acte d'amour. Le lendemain, M. Thornton rend visite à Margaret et lui avoue son amour. Elle le rejette froidement, mais il jure qu'il continuera à l'aimer malgré tout.

En rendant visite à Bess, Margaret constate que la jeune fille s'inquiète pour son père, qui a perdu son emploi à cause de la grève. M. Thornton, quant à lui, est profondément mortifié d'avoir été rejeté, mais il tient toujours à Margaret. Peu après, Margaret apprend que Bess est morte.

Margaret rend visite à la famille Higgins, où elle trouve Nicholas en deuil et maudissant Boucher pour être allé à l'encontre des plans du comité pendant la grève. Invité à parler à M. Hale, Nicholas déplore la perte de son emploi et rejette la suggestion de Margaret selon laquelle il pourrait simplement demander à le récupérer.

LA COURTE VISITE DE FREDERICK

Mrs Hale et Margaret se préparent toutes deux à l'arrivée imminente de Frederick, qu'elles doivent veiller à dissimuler à la justice.

Frederick arrive et illumine momentanément l'esprit de la famille. Au matin, cependant, Mme Hale est décédée. Margaret se met à préparer les funérailles, mais elle est interrompue lorsque Dixon lui dit qu'elle croit que Frederick est en danger : Leonards, un homme qui était en mer avec Frederick, souhaite le piéger pour une récompense de la police.

La famille discute de la possibilité de faire retirer les charges de Frederick, et Margaret écrit une lettre à Henry Lennox pour lui demander de l'aide. Pleine de tristesse, Margaret accompagne Frederick à la gare, où un homme ivre lui demande s'il est un Hale. Frederick le repousse et, alors qu'il tombe, on découvre que l'homme est un Leonards. Margaret embarque rapidement son frère dans le train avant de s'enfuir.

UN ACTE DÉSINTÉRESSÉ

Margaret reste inquiète pour son frère, qui se trouve maintenant à Londres, et assiste à l'enterrement de sa mère avec son père. Quelques jours plus tard, un inspecteur de police se présente à la résidence des Hale, révélant qu'un homme – Leonards – est mort à la gare après avoir été poussé, et un témoin oculaire affirme avoir vu Margaret à cet endroit. Margaret nie avoir été là, mais s'évanouit de terreur après le départ de l'inspecteur de police.

M. Thornton rencontre le même inspecteur de police. Ce dernier pense que l'homme avec qui Margaret était à la gare était un amant, et bien qu'il soit furieux de cette situation, il est déterminé à la protéger. En tant que magistrat qui a vu Leonards sur son lit de mort, il a le pouvoir de clore l'affaire et le fait.

Margaret ressent une immense gratitude lorsqu'elle apprend les actions de Thornton, mais elle a aussi honte d'avoir menti. Les Hale reçoivent la nouvelle que Frederick est de retour en Espagne et qu'Henry Lennox pourrait être en mesure de monter un dossier en sa faveur.

LA MORT DE BOUCHER

M. Hale et Margaret rendent visite à Nicholas, qui est toujours sans emploi et furieux contre Boucher. Pendant qu'ils parlent, six hommes descendent la rue en portant Boucher, qui s'est suicidé par noyade.

Plus tard, Nicholas arrive à la résidence des Hale pour annoncer qu'il souhaite s'occuper des enfants sans père de Boucher, et Margaret lui suggère de demander du travail à Mr Thornton.

M. Thornton est interrogé par sa mère sur le jeune homme avec lequel Margaret a été vue à la gare, et elle découvre qu'il croit que cet homme est l'amant de Margaret. Ayant promis à Mrs Hale de s'occuper de Margaret, Mrs Thornton se rapproche de Margaret mais la bouleverse en l'accusant d'indécence.

Nicholas attend M. Thornton pendant cinq heures, et lorsqu'il le voit enfin et lui demande du travail, il est rejeté. Plus tard, Margaret rumine les accusations de Mme Thornton et se demande ce qu'elle doit faire. Elle se rend chez les Boucher, mais part lorsque M. Thornton se présente pour offrir du travail à Nicholas. M. Thornton rattrape Margaret et lui fait part de son offre, annonçant également qu'il n'est plus amoureux d'elle, bien qu'il soit clair que c'est faux.

LA VISITE DE M. BELL

L'ami de Mr Hale, Mr Bell, vient lui rendre visite. Il s'entend bien avec Margaret, mais Mr Thornton, en visite, n'apprécie pas l'homme. Mr Bell tente de convaincre Mr Hale de revenir à Oxford avec lui, mais celui-ci refuse.

Alors que la vie continue à être morne, M. Hale commence à avoir des difficultés à respirer, et lorsqu'on lui suggère à nouveau de se rendre à Oxford, il accepte. Pendant son séjour à Oxford, il décède, et M. Bell retourne à Milton pour s'occuper de Margaret.

RETOUR DANS LE SUD

Alors que Margaret pleure en silence, M. Bell fait en sorte que Mme Shaw vienne à Milton. Mr Thornton passe à la maison et invite Mr Bell chez lui, où il est déprimé par la nouvelle que Margaret va retourner dans le sud.

M. Bell est obligé de quitter Milton pour affaires, mais révèle à Margaret que sa fortune lui reviendra à sa mort. Mme Shaw et Margaret quittent Milton après avoir fait leurs adieux, mais Margaret est surprise de se sentir ennuyée et apathique lorsqu'elle retourne dans le sud, et commence à regretter des éléments de son ancienne vie.

RETOUR À HELSTONE

Margaret et M. Bell rendent visite à Helstone, mais Margaret est attristée par les changements qui s'y sont produits depuis son départ. Plus tard, elle raconte à M. Bell le mensonge qu'elle a dit à l'inspecteur de police et lui demande de dire toute la vérité à M. Thornton lors de leur prochaine rencontre.

Dixon revient de Milton, apportant la nouvelle que les affaires de M. Thornton souffrent. Des lettres de M. Bell révèlent également qu'il est souffrant. Pendant ce temps, Margaret continue à trouver la vie dans le sud insatisfaisante, et attend des nouvelles de Mr Bell. Cependant, elle reçoit bientôt la nouvelle qu'il est sur le point de mourir, et avant qu'elle n'arrive à Oxford avec le capitaine Lennox, il est mort.

L'ASCENSION ET LA CHUTE
DE M. THORNTON

Margaret est maintenant devenue une héritière et Henry Lennox redouble d'efforts pour gagner son affection. Il devient évident qu'il ne pourra pas aider Frederick, bien qu'il assure à Margaret qu'il est heureux en Espagne.

Pendant ce temps, à Milton, M. Thornton se bat toujours pour ses affaires, mais il s'est rapproché de Nicholas, ce qui a modifié son ancienne vision de la relation entre le travailleur et l'employeur. Nous apprenons que Margaret est devenue le propriétaire de M. Thornton grâce à son héritage. Son entreprise échoue et Henry Lennox le fait venir dans le sud pour discuter de ses futures affaires.

Après son arrivée, Margaret lui propose une offre commerciale qui permettra à M. Thornton de poursuivre son travail. Au cours de la même conversation, les deux hommes mettent de côté leurs anciens griefs et s'avouent leur amour l'un pour l'autre. Le roman se termine alors qu'ils se demandent comment Mrs Shaw et Mrs Thornton vont réagir à la nouvelle.

ÉTUDE DE CARACTÈRE

MARGARET HALE

Margaret est la jeune protagoniste de *Nord et Sud*, elle a 19 ans au début du Roman. Comme le roman est partiellement basé sur la vie de Gaskell, Margaret sert souvent de porte-parole pour les questions et les problèmes que Gaskell souhaite soulever dans le roman, qui tournent principalement autour du traitement des pauvres et des classes ouvrières et des conséquences morales de la révolution industrielle. Elle n'est cependant pas parfaite et à ses propres préjugés sur le Nord, qui se modifient progressivement au fil du Roman.

Elle n'est pas décrite comme particulièrement belle, surtout si on la compare à sa cousine Edith. Elle est intelligente, bien élevée et n'a pas peur de dire ce qu'elle pense, notamment dans ses conversations avec M. Thornton, une qualité qui l'attire et le repousse à la fois. Dans l'ensemble, c'est un personnage moral, qui apprécie la famille, la sincérité et la compassion. Elle partage une relation tendre avec ses parents et les autres membres de sa famille, et l'amitié qu'elle noue avec Nicholas Higgins et sa fille Bess modifie nombre de ses idées préconçues sur le Nord. Dans une certaine mesure, sa relation changeante avec M. Thornton modifie également sa vision du monde, car son attitude hautaine à son égard se transforme progressivement en affection.

M. HALE

Bien que M. Hale ait des doutes sur sa foi au début du roman, il est toujours dépeint comme un homme compatissant, aimant et juste. Sa volonté de parler à Nicholas plus tard dans le roman est une expression de sa tendance à considérer tous les gens comme égaux.

Mr Hale est un personnage très amical, partageant une relation amicale avec presque tous les autres personnages qu'il rencontre. Il a une estime particulière pour sa fille, à qui il confie la force de traiter des informations que sa femme ne peut pas traiter.

Tout au long du roman, cependant, M. Hale est fréquemment rempli de regrets et de tristesse, en grande partie dus à la culpabilité qu'il éprouve pour avoir fait déménager sa famille à Milton. Il pense que ce déménagement était une condamnation à mort pour sa femme, et sa mort peu de temps après la sienne semble être une conséquence du chagrin et d'une véritable maladie.

MME HALE

Mère de Margaret et Frederick et épouse de Mr Hale, Mrs Hale est mal en point ou remplie de tristesse pendant une grande partie du Roman. Nous apprenons qu'elle s'est mariée par amour, mais qu'en conséquence, elle a l'impression que sa vie est minable, ce qui lui cause une grande honte. Elle pleure également la perte de son fils Frederick, qui sera traduit en cour martiale s'il revient en Angleterre.

Mrs Hale partage une relation inhabituellement étroite avec le domestique Dixon, mais se rapproche de sa fille Margaret au cours de sa maladie, dont les détails ne sont d'abord connus que de Margaret et Dixon. Plus que Margaret, Mrs Hale apprécie les parures qui accompagnent les dîners mondains chez les Thornton, et lorsqu'elle tombe malade, elle confie à Mrs Thornton la charge de veiller sur Margaret après son décès. Une fois qu'elle a pu voir son fils Frederick, elle s'éteint le soir suivant.

FREDERICK HALE

Nous entendons parler de Frederick bien avant qu'il n'apparaisse dans le roman, car la famille Hale se plaint de ne pas pouvoir le voir. Il apparaît pour la première fois lorsqu'il est appelé à venir rendre visite à sa mère mourante, et son arrivée est un grand soulagement pour sa sœur Margaret, qui est reconnaissante d'avoir un allié qui sait exactement ce qu'elle ressent.

Frederick travaille dans la marine, mais il est soupçonné d'avoir participé à une mutinerie en mer et ne peut donc pas rentrer en Angleterre. Certains de ses compagnons de bord sont exécutés pour cet acte, mais il échappe à la cour martiale en se rendant en Espagne. Là-bas, il renonce à sa foi pour devenir catholique après avoir rencontré une Espagnole, Dolores, qu'il compte épouser. Son apparition dans le roman est brève mais dérangeante, et bien que l'aide de l'avocat Henry Lennox soit sollicitée pour tenter de faire abandonner les charges retenues contre lui, cette tentative échoue et il reste en Espagne.

DIXON

Servante de longue date de la famille Hale, le personnage de Dixon est important car il perturbe les relations habituelles entre domestiques et maîtres, créant ainsi un précédent pour le reste du roman. Elle se donne des airs au-dessus de sa condition, ce qui met Margaret et son père mal à l'aise, mais elle entretient une relation si étroite avec Mme Hale qu'ils ne peuvent s'en débarrasser. Elle accompagne la famille dans son déménagement à Milton et partage leur dégoût initial pour la ville – bien que ses préjugés ne s'estompent pas.

NICHOLAS HIGGINS

Nicholas Higgins est un ouvrier de la classe ouvrière avec qui Margaret se lie d'amitié, ainsi qu'avec sa fille Bess, après avoir déménagé à Milton. Il est physiquement handicapé par le travail et alcoolique, et quelque peu irréligieux. L'amitié de Margaret avec Nicolas constitue la base d'une grande partie de l'exploration du roman sur les clivages sociaux et de classe, car ils expriment tous deux leurs idées préconçues sur le nord et le sud.

Nicholas organise ensuite une action syndicale contre l'usine où il travaille, mais il est furieux lorsque son collègue Boucher ignore les plans du syndicat et rend l'action violente. En conséquence, il perd son emploi et, bien qu'il soit d'abord furieux contre Boucher, lorsque celui-ci se suicide, Nicholas promet de s'occuper des enfants de Boucher.

Bien que Nicholas soit rude sur les bords et irréligieux, nous finissons par le considérer comme un être compatissant et victime de ses circonstances plutôt que comme une mauvaise personne. Plus tard dans le roman, il commence à travailler sous les ordres de M. Thornton et l'intimité croissante de leurs relations démontre la productivité de relations maître-ouvrier plus détendues.

BESS HIGGINS

Bess Higgins est la fille de Nicholas Higgins et une amie de Margaret après son déménagement à Milton. Dès que nous la rencontrons, elle est maladive et faible, car elle respire des « peluches » à l'usine où elle travaille. D'un âge similaire à celui de Margaret, son personnage est utilisé pour démontrer les effets physiques brutaux d'une vie de classe ouvrière dans le Nord, ainsi que pour démontrer la cruauté des villes industrielles qui ne se soucient pas du bien-être des pauvres.

Bien que Bess offense parfois Margaret avec ses suppositions sur le Sud et la vie des riches, elle a bon cœur et se soucie profondément de sa famille, demandant à Margaret de veiller sur sa sœur Mary après sa mort inévitable due à sa maladie.

M. THORNTON

M. Thornton est un propriétaire de moulin à Milton qui n'a pas fait d'études comme les Hale, mais qui appartient à la classe moyenne en raison de sa richesse, acquise grâce à son entreprise. Selon une comparaison notée par Margaret, ses traits sont plus durs et plus sévères que ceux de M. Hale, ce qui reflète le paysage plus rude dans lequel il vit. Au début, M. Thornton est présenté comme quelque peu cruel et insensible au bien-être de ses employés, mais après qu'il ait protégé Margaret de la loi de manière désintéressée, nous nous rendons compte qu'il a un côté plus doux qui continue à se développer.

M. Thornton entretient des relations relativement amicales avec d'autres personnes de sa catégorie sociale, comme M. Hale. Sa relation avec Margaret est cependant tumultueuse, car il ne l'apprécie pas pour ses airs de supériorité, tout en lui vouant un amour profond. Sa relation avec Margaret est essentielle au développement de son caractère, car leurs disputes sur l'éthique de ses affaires et les relations maître-ouvrier finissent par modifier sa vision du monde et ses pratiques. En conséquence, il s'adoucit et offre du travail à Nicholas lorsqu'il le demande, et il est sauvé de la faillite totale à la fin du roman lorsque ses ouvriers, désormais plus affectueux à son égard, déclarent qu'ils le soutiendront. Cette évolution du caractère est également un facteur clé qui mène à ses fiançailles avec Margaret.

MME THORNTON

La caractéristique principale de Mrs Thornton est l'immense fierté qu'elle éprouve à l'égard de son fils, qui a réussi à devenir propriétaire d'un moulin. Elle ne possède pas la grâce et l'élégance naturelles que les Hale possèdent grâce à leur éducation dans le sud, et pendant une grande partie du roman, elle n'apprécie pas Margaret, surtout pour son attitude hautaine et ses airs supérieurs dans la famille. Le rejet par Margaret de la proposition de M. Thornton la bouleverse particulièrement.

Elle éprouve cependant une certaine admiration pour la capacité de Margaret à parler pour elle-même et, à la mort de Mme Hale, elle promet de veiller sur Margaret.

M. BELL

M. Bell est un ami proche de M. Hale et une connaissance de M. Thornton qui réside à Oxford. Nous ne le rencontrons que bien plus tard dans le roman, mais nous apprenons qu'il a aidé la famille Hale à s'installer à Milton. Lorsqu'il apparaît plus tard dans le roman, il apporte un grand réconfort à M. Hale, qui vient de perdre sa femme, et se prend immédiatement d'affection pour Margaret. Après la mort de M. Hale, il tient sa promesse de prendre soin de Margaret, s'assurant que sa fortune et ses biens lui reviennent après sa propre mort. Il sert également d'intermédiaire entre Margaret et ses amis de Milton après son retour dans le Sud. Grâce à ses actions désintéressées, M. Bell apparaît comme un gentleman âgé, gentil et compatissant.

HENRY LENNOX

Henry Lennox est un avocat et le frère du capitaine Lennox. C'est un homme séduisant et intelligent, de bonne stature sociale, qui avoue ses sentiments romantiques pour Margaret au début du Roman. Elle rejette ses avances, mais Henry continue d'aider Margaret et sa famille plus tard dans le roman lorsqu'ils demandent une aide juridique pour le cas de Frederick. Cependant, il n'est pas en mesure d'aider Frederick, et le fait savoir par des lettres à Margaret. Pendant un certain temps, M. Thornton croit jalousement que Henry Lennox est l'homme qui se trouvait à la gare avec Margaret, et ce malentendu ne sera dissipé que bien plus tard dans le roman. Henry continue de poursuivre Margaret après qu'elle soit retournée dans le sud, mais elle ne lui rend pas la pareille et se réconcilie avec M. Thornton.

MME SHAW

Mme Shaw est une femme du Sud, élégante et bien éduquée, qui, contrairement à sa sœur Mme Hale, s'est mariée pour son statut social plutôt que par amour, ce qu'elle regrette encore. Elle passe pour quelque peu frivole, s'intéressant à la mode et aux dîners mondains, mais elle est aussi généreuse, ayant accueilli sa nièce Margaret chez elle pendant plusieurs années.

Après la mort de sa sœur, Mrs Shaw se rend à Milton à contrecœur pour voir sa nièce, bien que cette réticence ne soit due qu'à son dégoût pour le Nord. Elle recueille à nouveau Margaret et encourage Henry Lennox à la poursuivre, estimant qu'il est un meilleur parti que M. Thornton.

EDITH SHAW

Edith est la cousine de Margaret et une belle jeune femme sur le point de se marier avec le capitaine Lennox au début du Roman. Comme sa mère, elle est issue des hautes sphères de la société, elle est bien élevée et instruite. Elle est également belle et plus élégante que Margaret, mais légèrement moins intelligente. Bien qu'elle ne joue pas un rôle important après les premiers chapitres, tout au long du roman, elle sert de contre-poids à la vie difficile de Margaret dans le Nord, comme nous l'apprenons par ses lettres sur ses voyages et sa vie de famille.

CAPITAINE LENNOX

Le capitaine Lennox est le mari d'Edith et le frère d'Henry Lennox. Il désapprouve quelque peu la frivolité des femmes Shaw, mais montre une affection manifeste pour Edith et jouit d'un mariage heureux avec elle tout au long du Roman.

ANALYSE

LE ROMAN INDUSTRIEL

Le roman industriel (parfois appelé « roman de la condition anglaise » ou « roman social ») est un genre né de la révolution industrielle en Angleterre, qui a débuté vers 1760 et s'est caractérisée par une transition rapide vers de nouveaux procédés de fabrication, notamment les machines, l'énergie à vapeur et l'introduction de la structure de production en usine. Bien que la révolution ait augmenté de façon spectaculaire la vitesse de production, elle a également eu des conséquences terribles sur la société, notamment sur les classes pauvres et ouvrières.

En raison de la rapidité des changements, aucune réglementation n'était en place pour protéger les droits ou les conditions de vie des travailleurs. Cela se traduisait par de longues heures de travail, de faibles rémunérations et un travail physique éreintant qui provoquait souvent des accidents graves, des maladies et des décès prématurés. Des enfants de cinq ans à peine étaient également mis au travail.

Le « roman industriel » est donc un roman qui s'inscrit dans ce contexte historique. *North and South* et *Hard Times* de Dickens (1854) sont deux exemples archétypaux de ce genre. De manière générale, le roman industriel se caractérise également par sa critique des pratiques cruelles introduites pendant la révolution industrielle.

North and South s'intéresse particulièrement à la dimension humaine de la révolution industrielle, ou plutôt à sa dimension inhumaine. Gaskell s'intéresse aux effets physiques et sociaux négatifs de la ville industrielle, que l'on retrouve chez des personnages comme M. Thornton :

> *« Les lignes du visage de son père étaient douces et vacillantes [...] dans le visage de M. Thornton, les sourcils droits tombaient bas sur les yeux clairs, profonds et sérieux [...] les lignes du visage étaient peu nombreuses mais fermes, comme si elles avaient été sculptées dans le marbre. » (p. 75)*

La dureté de la ville industrielle, semble poser Gaskell, se manifeste dans ses habitants, les rendant durs et mécaniques tout comme les machines avec lesquelles ils travaillent. Cette idée est poussée encore plus loin par Gaskell à travers la mort de Bess, qui est très littéralement tuée par les résidus qu'elle inhale à l'usine. Mr et Mrs Hale, eux aussi, souffrent de la fumée qui flotte dans les rues de Milton.

North and South critique également le manque de droits accordés aux travailleurs dans le cadre des nouveaux systèmes émergents. Le personnage de Boucher, ainsi que celui de Nicholas Higgins, est un véhicule pour cette critique, car Boucher se suicide après avoir perdu son emploi. Il s'agit d'un événement choquant pour tout lecteur, mais particulièrement choquant pour les contemporains de Gaskell, car le suicide était illégal à l'époque et l'on croyait que ceux qui le commettaient ne pouvaient accéder au paradis, ce qui souligne encore davantage le désespoir de Boucher.

NORD CONTRE SUD

Le thème le plus évident du roman de Gaskell est peut-être le contraste entre le nord et le sud de l'Angleterre. L'âpreté de ce fossé social, culturel et économique était relativement nouvelle à l'époque de Gaskell, et résultait également de la révolution industrielle, qui a complètement transformé des villes comme Manchester.

Le roman est partiellement basé sur la propre expérience de Gaskell, qui a déménagé à Manchester avec son mari, et illustre une grande partie du choc qu'elle a ressenti en s'y installant. L'élément central de l'intrigue, le déménagement de Margaret à Milton, est utilisé pour refléter les différences marquées entre les deux parties du pays par le biais de la comparaison :

> *« Les gens se pressaient sur les sentiers, la plupart bien habillés sur le plan matériel, mais avec un relâchement négligé qui frappait Margaret comme étant différent de l'élégance miteuse et usée d'une classe similaire à Londres. » (p. 56)*

Cependant, si nous sommes d'abord convaincus de l'horreur du Nord, nous découvrons au fil du Roman que la bonté y existe aussi : si ce n'est dans les bâtiments ou les usines, c'est dans les personnes que Margaret rencontre, à savoir les familles Higgins et Thornton.

CLASSE SOCIALE

Les classes sociales sont un thème très important dans *Nord et Sud,* d'autant plus que la révolution industrielle a également provoqué l'émergence des classes moyennes, qui n'ont pas hérité de la richesse comme la classe aristocratique mais l'ont gagnée grâce à des entreprises prospères comme les moulins et autres usines.

Les classes inférieures (ouvrières), les classes moyennes et les classes supérieures sont toutes représentées dans le roman de Gaskell. Nicholas Higgins et Bess appartiennent à la classe ouvrière, les Thornton à la classe moyenne et les familles Shaw et Hale à la classe supérieure. Le roman est particulièrement intéressant pour les historiens sociaux d'aujourd'hui car il démontre certaines des difficultés et des confusions qui ont résulté de l'émergence de cette nouvelle classe moyenne :

> *« Eh bien, dit Bess, vous voyez, les Thorntons pensent qu'il y a beaucoup d'argent ici, et je pense que vous n'en avez pas beaucoup. Non », dit Margaret, « c'est très vrai. Mais nous sommes des gens instruits, et nous avons vécu parmi des gens instruits ». (p. 138)*

Ces différences de classe font également avancer de nombreux éléments de l'intrigue, notamment l'histoire d'amour centrale entre M. Thornton et Margaret, qui se détestent au départ pour des raisons évidentes de classe. Lors de leur première rencontre, il est noté que Margaret « a toujours donné aux étrangers l'impression d'être hautaine » (p. 58), tandis que Margaret commente après l'avoir rencontré qu'il n'a « rien de remarquable – pas tout à fait un gentleman ; mais il ne fallait pas s'y attendre » (p. 60).

Le choix de Margaret comme protagoniste est un procédé délibéré employé par Gaskell pour susciter la sympathie du lecteur. Comme la plupart des lecteurs de littérature de l'époque victorienne appartenaient à la classe supérieure éduquée, Margaret reflète leurs intérêts et leur caractère. Le but du roman industriel est de susciter la sympathie du lecteur pour les classes inférieures, et Margaret est le véhicule parfait pour que Gaskell y parvienne, car les lecteurs s'identifient à sa vision du monde et à ses expériences.

COMPASSION

Bien que *Nord et Sud* puisse être considéré comme une œuvre démontrant que la coopération entre les classes sociales non seulement fonctionne, mais est un moyen productif de gérer une société, il ne plaide pas pour l'abolition du système de classes ou du capitalisme dans son ensemble. Cela est clairement démontré par l'accord commercial que Margaret et M. Thornton concluent à la fin, ainsi que par la fin du roman où le couple se demande ce que Mme Shaw et Mme Thornton vont penser des fiançailles, toutes deux désapprouvant l'autre partenaire essentiellement pour des raisons de différence de classe :

> « 'Je peux deviner. Sa première exclamation sera : "cet homme !" » (p. 403)

Au contraire, le thème central de *Nord et Sud* est celui de la compassion, démontrant comment la compassion peut résoudre bon nombre des problèmes que la révolution industrielle a engendrés. L'idée de Gaskell de situer une grande partie de l'histoire entre les trois ménages des Thornton, des Hale et des Higgins est essentielle à cette fin, humanisant chaque partie en les plaçant dans un contexte domestique et familial.

Dans *Nord et Sud, la* compassion permet d'attraper et de résoudre les conflits. Par exemple, Margaret encourage M. Thornton à être plus compatissant, ce qui fait qu'il donne un travail à Nicholas, qui a donc les moyens de s'occuper des enfants Boucher.

POURSUITE DE LA RÉFLEXION

QUELQUES QUESTIONS À MÉDITER...

- Comparez *Nord et Sud* avec *Hard Times* de Dickens. Selon vous, lequel réussit le mieux à susciter la sympathie du lecteur et pourquoi ?
- Le caractère de Margaret est souvent souligné comme étant plus franc et affirmé que celui de la plupart des femmes victoriennes. Elle suit cependant un arc traditionnel en se mariant à la fin de l'histoire. Pensez-vous que son personnage puisse encore être analysé sous un angle féministe ?
- Frederick est un personnage qui n'apparaît pas longtemps dans le livre, mais sa brève apparition cause une énorme perturbation. À votre avis, quelle est la fonction du personnage de Frederick ?
- À quelles fins pensez-vous que Gaskell a inclus le dialecte nordique phonétiquement écrit dans le roman ? Pensez-vous qu'elle a atteint ces objectifs ?
- Au début du roman, M. Hale traverse une crise de foi dont il est à peine question par la suite. Selon vous, quel rôle la religion joue-t-elle dans l'ensemble du livre ?
- Selon vous, qu'est-ce que la nature semi-autobiographique de *Nord et Sud* ajoute au récit fictif pour le lecteur ?

- Selon vous, quel message global *Nord et Sud* transmet-il sur la façon dont les personnes de classes différentes doivent interagir les unes avec les autres ?
- La moralité et la véracité sont des thèmes importants dans *Nord et Sud.* Pourtant, Margaret raconte un mensonge à un policier. Quelle est, selon vous, la signification de ce mensonge ?

AUTRES LECTURES

ÉDITION DE RÉFÉRENCE

- Gaskell, E. (1994) *Nord et Sud*. Hertfordshire: Wordsworth Editions Limited.

ÉTUDES DE RÉFÉRENCE

- (2018) Elizabeth Cleghorn Gaskell. *Encyclopaedia Britannica*. [En ligne]. [Consulté le 14 novembre 2018]. Disponible à l'adresse suivante : <https://www.britannica.com/biography/Elizabeth-Cleghorn-Gaskell>

ADAPTATIONS

- *Nord et Sud*. (1975) [série télévisée]. Rodney Bennett. Dir. Royaume-Uni : British Broadcasting Corporation.
- *Nord et Sud*. (2004) [série télévisée]. Brian Percival. Dir. Royaume-Uni : British Broadcasting Corporation.

Votre avis nous intéresse !
Laissez un commentaire sur le site de votre librairie en ligne
et partagez vos coups de cœur sur les réseaux sociaux !

lePetitLittéraire.fr

- des analyses de livres
- des fiches de lectures
- des commentaires littéraires
- des questionnaires de lecture
- des résumés

**Retrouvez
notre offre complète sur**
lePetitLittéraire.fr

ISBN version numérique : 9782808684507
ISBN version papier : 9782808685306
Dépôt légal : D/2023/12603/1030

Conception numérique : Primento,
le partenaire numérique des éditeurs.